CB136797

Kotter Editorial
2021

MAR DE MORROS

© 2021 Fer Canelas
Kotter Editorial
Direitos reservados e protegidos pela lei 9.601 de 19.02.1998.
É proibida a reprodução total ou parcial sem autorização,
por escrito, da editora.

coordenação editorial
Sálvio Nienkötter

editor executivo
Claudecir de Oliveira Rocha

editor-adjunto
Daniel Osiecki
Francieli Cunico

capa | projeto gráfico
Paula Villa Nova

produção
Cristiane Nienkötter

Dados Internacionais de Catalogação na Publicação (CIP)
Angélica Llacqua CRB-8/7057

Canelas, Fer
Mar de Morros | Fer Canelas
Curitiba: Kotter Editorial, 2021.
116 p.

ISBN 978-65-89624-94-3

1. Poesia brasileira 1. Título "Mar de Morros"

CDD B869.1

21-4105

Kotter Editorial
Rua das Cerejeiras, 194
82700 510 | Curitiba/PR
+55 41 3585-5161
www.kotter.com.br | contato@kotter.com.br

1ª edição
2021

POEMAS
CONTRA O
FASCISMO

Para Antônio. Caminhante solitário.

PREFÁCIO

Precisamos, mais do que nunca, de poemas contra o fascismo. Precisamos de cultura contra o fascismo para termos forças e esperanças de derrotá-lo. E é com esta força que emerge o livro *Mar de Morros* de Fer Canelas.

Em consonância com o grande crítico literário Terry Eagleton, sabemos que a arte por si só não pode mudar o mundo. Entretanto, esta pode ser um agente ativo para a mudança. A arte pode (quando é boa) ampliar nossa visão de mundo e expandir nossas percepções ao redor.

Isso porque a arte interage, necessariamente, com a política, economia, enfim, todas as esferas sociais. A arte, segundo Eagleton e a tradição marxista, não tem como se desvincular da ideologia.

Por isso é tão importante que, em momentos de acirramento de regime, brote de uma nascente arte para abrir nossos olhos. E que esta nascente cresça, desça o rio e desague no mar! Este livro traz poemas que saciam esta nossa necessidade de nadar contra a corrente.

Por mais que a mensagem seja de peso, há leveza nestes poemas. Isso não significa que o que está sendo dito é leve, muito pelo contrário, com sutileza, os poemas nos dão um soco no estômago e depois nos afagam. Os versos são, realmente, como as ondas do mar: podem ser tranquilas, mas também podem, de repente, nos arrastar e nos fazer tomar grandes goles de sua água salgada.

É deste jeito que seus poemas belíssimos tratam de temas insalubres como o fascismo, a necropolítica, o coronavírus, enfim, relatam a luta da morte contra a vida. Porém, este livro também representa a nossa resistência e a luta da vida em combate à morte.

Isso se mostra bem em um dos poemas-ondulações, no qual o eu lírico anuncia que iremos derrotar o coronavírus com nossa força de vontade, pois estamos forçados a viver este momento, "quando lateja / a morte / mas se quer tanto / a vida / dentro do coração.".

Com muita poeticidade e poucas palavras, capta-se o sentimento e se conecta a este. A sensação geral em *Mar de Morros* é de que não estamos sozinhos na vontade de acabar com todos esses agentes da morte.

As ondas nas formas de alguns poemas, que remetem ao título de duplo sentido, são uma ótima utilização da forma. Poemas que são ondas no mar. Poemas que são morros e que falam sobre como morremos. A fluidez da água e a dureza da rocha cercam o leitor, que não pode escapar da leitura.

Além disso, o eu-lírico tece críticas que são poesia pura. Isso acontece em A Morte da Palavra, que descreve como a palavra sob o fascismo é incorpórea. Muitas imagens e ideias são abarcadas neste pequeno poema. Este eu-lírico lembra líderes fascistas de máscara (esses raros momentos), a censura, a impossibilidade da pluralidade de ideias sob o fascismo, as *fake news*, enfim, todas as palavras não-palavras. A palavra que não se materializa "nos antecede / sem voz / a nossa sina" de não poder falar e de estar, constantemente, na mira da morte material.

Com esse gostinho, entrego a palavra à Fer Canelas.

Aproveitem o livro!

Julia R. Silveira

I

água morro água morro morro azul morro morro azul azul água água miragem mar mirar olhar mirar o ar

II

: ondulações

a máscara maior é
a do fascismo.

III

: como amar uma Cidade
como se ama a um corpo?

como amar o caos a ebulição o magma?
não só suas paisagens mas também
seu pulsar sua circulação arterial
sua vida orgânica
seu respirar suas sombras.

as sombras as esquinas
tantas esquinas tantas delas enegrecidas.

IV

: como transformar uma Cidade
com meu amor e meu corpo
apenas?

como – sendo verme –
tirar do casulo
cores de
impossíveis asas

e as emprestar à Cidade
tornar nítidos seus
enevoados contornos?

sopra em mim amor
sua brisa em meu olhar
seu vento seu ar.

para que minha barca
ice velas e eu
possa a Cidade amada
comigo levar.

V

: do alto das montanhas
avista-se a Urbe
revestindo a terra
alastrando-se em
sua crosta de concreto
como um enorme caranguejo.

a Cidade é a epiderme urbana
camada que cobre
a bacia hidrográfica
deixando o Mar de Morros
sem água aparente.

não se vê o Mar
mas sabe-se que
as águas estão lá –
nos rios subterrâneos.

VI

: na Cidade existe uma rede
nascentes rios riachos córregos
mananciais que correm
canalizados invisíveis clandestinos

privados de seus leitos de oxigenação
sem vida sem peixes –
os rios agonizantes.

VII PRIMA LUX

: ao fundo de Morros urbanizados
vejo o surgir da Aurora
crepuscular em sua decadência
mesmo assim coroada
de soberanas matizes.

emerge luz magnífica
tons de prata ouro e rubi:
coroa maior.

e não você, covid:
corona de espinhos
sem trono sem aura.

VIII

: ao fundo de Morros urbanizados
é que o Mar se deixa entrever
em dias de calor extremo

aparece fantasmagoricamente
em infinitas ondulações
e parece dizer –
que seja a vida soberana
assim como é o Mar
miragens azuladas.
vida, minha Fata Morgana!

IX

: ondulações

bela é a Cidade
ainda resiste
ainda existe.

bela é a vida
ainda resiste
ainda insiste.

X

: a Cidade é o Mar de invisíveis rios
com sua multidão múltipla
amorfa anônima atípica.

movimentando-se
sem direção como
gigantesco
alienígena
tornando-se uma só

água-viva pulsante.

a Cidade-Mar com seu
inconsciente coletivo
movida por
desconhecidas correntes
nas profundezas de
sua natureza oceânica.

XI

: a Cidade encolheu
recolheu-se como
um molusco invertebrado em sua
concha
escondido.

assim, sem paradeiro rumo eira
segue o Poeta
solitário fugidio por
épicas tempestades
esquivo
misantropo.

entre paisagens dos trópicos
o Poeta segue
sobrevive do nada.

para apreender seu entorno
só conta com seu olhar.

XII

: o Poeta
flâneur
observador
solitário

olha
pelas ruas seus
passantes.

todos de máscara
encobertos com
véus carros blindados perfis falsos
fotos filtradas felicidades fictícias.

o Poeta olha
não há nada
para se ver.

perdem a
Cidade e seus viventes
os versos
que lhes descreveriam
os rostos.

XIII FLÂNEUR

: é minha nudez que me deixa
com este olhar assustado
quando, em tempos de corona,
caminho pelas ruas da Cidade

com vestes novas de imperador,
estou irremediavelmente nua
para quem souber notar
minha miséria e solidão.

meu estado de não anjo:
lagarta sem asas à mercê de pássaros.
olhar de não águia:
esperando, evitando, temendo. Asas.

XIV

: ondulações

a máscara maior
cobre o rosto
abafa a voz.

mas é a palavra
inarticulada
que fica presa
na boca.

XV

humanos fluindo em correntezas nas ruas escapando do vírus da morte rios ondulados canalizados fechados sem verde vida céu vida luz vida mar ar

XVI MORTE DA PALAVRA

: por debaixo da máscara do fascismo

a palavra
não se materializa
no grito
morre.

nos antecede
sem voz
a nossa sina.

palavra
incorpórea.

: quantos agudos
cabem

nas fisgadas
do medo

na palavra
retida

na explosão
do instante

nos gritos
dos Humanos?

XVIII GRANDE RESET

: e eis que o Poeta
que desde a Modernidade
andava por aí –
flâneur empobrecido
sem aura e
de sapatos furados,

monta seu startup
de marketing digital
para ficar rico
vendendo fake-news.

XIX

: na Cidade sem rosto
seus moradores
cobrem-se de
máscaras mesmo
sabendo que
por debaixo
não há nada.

só a pulverização da
identidade de
cada um
cada tentáculo.

a Cidade é um polvo
submarina floresta de
anêmonas de lesmas
marinhas
sobrevivendo em
suas marés
soltando suas gosmas em
água salgada. Sua

tinta negra de poluição
deixando tudo opaco,
em tempestades
enevoadas neblinas.

mesmo assim
desejamos um mundo
de rostos descobertos.

mesmo sabendo
que sob as máscaras
não há nada.

XX

: ondulações

para enfrentar você, corona
só temos nossos corpos.
nossos pulmões

nosso ritmo
compasso
espasmos
nossa respiração.

XXI

: a morte vem e insiste
rígida em sua asfixia

a morte insiste, sempre insiste
mas também teima
a poesia.

a morte insiste, sopra e insiste
partindo os pulmões
com sede de ceifa

mas contra o sufoco
conclamo
o arfar pulsado
da poesia.

a morte vem e esfria
em sua aparição tardia

mas contra o nada nefasto
aqui chamo
o caos ardente
da poesia:

a morte a morte a mor amor.

XXII

: ondulações

para enfrentar você, corona,
só temos nosso desejo
nossa vontade.

férrea pulsão
quando lateja
a morte
mas se quer tanto
a vida
dentro do coração.

XXIII

: os últimos a chegar
os primeiros a ir
tanta gente amada
já partiu.

e eu aqui.

fugindo da morte
teimando
não vou não vou não vou

fugindo da morte
teimando

que não quero salvação
quero fogueira.

:não quero a morte
quero a outra
a mais louca
quero a sorte.

não quero você morte
sai passa xô
vade retro.

não quero a morte
quero o outro
o mais forte

quero amor.

XXV

: revertendo a Cidade

para o que fomos
para o amanhã que sonhamos
para o presente que
imaginamos no passado

para o que seremos
quando a noite se for
e pudermos sem medo ou máscaras
revelar nossos rostos
ao sol do devir.

XXVI

: lá no fundo da serra
parece que
os morros
furam o céu
para além da
atmosfera.

e a atmosfera
é só uma
camada fininha
que envolve a terra.

contêiner de
todo o nosso estoque
de gás
para respirar.

aqui tantas vezes
poluído
tantas vezes
enegrecido.

é que os humanos se
esquecem de que
o céu pode ser
infinito

mas o ar
está ficando
rarefeito.

XXVII

: quero berrar gritar
cantar falar sussurrar
sem jamais perder o fôlego.

quero respirar como
ato revolucionário
quero cons-pirar

quero ins-pirar
quero poesia.

XXVIII

: asfixia de
peixes nas águas turvas dos
rios. das
lagoas.

asfixia de
subterrâneos
rios. das
fontes de abastecimento dos rios
dos riachos córregos brejos.

XXIX

: asfixia

da violência institucional
do racismo.

negros são sufocados
por policiais seguranças de supermercados

até mesmo outros negros que
se tornaram parte do
sistema
de opressão.

XXX AMOR BANDIDO

: você
tentando me
matar.

e

eu
tentando te
salvar.

XXXI

: tantas as matas no entorno da Cidade
em suas encostas de Morros azulados
encontro a beleza essência verde
bálsamo de sombra e seus
fitoativos de
força transformadora
reciclando o ar
devolvendo-o à vida.

as matas abraçam a Cidade
com suas árvores
jequitibá tapinhoã nós-moscada-silvestre
figueira palmiteiro pau-d'alho ipê-amarelo
quaresmeira pau-ferro

e plantas como
samambaias musgos bromélias e begônias.

com sua rede de afetos
pulmonar
galhos copas folhas raízes

mantenedoras
da atmosfera
de pulmões
de viventes
são a crosta da terra.

entrelaçadas ao barro
em sua conexão de raízes
indistinguíveis do próprio
planeta.

XXXII

morros riscando rios líquidos fluidos dando forma ris cando mapas linhas cartografias no mu ndo líquido sem marca sem mar

XXXIII

: nas encostas vivem
macaco-prego sagu bugio cotia preguiça
gambá esquilo-caxinguelê guaxinim tatu
tamanduá-mirim gavião falcão coruja
papagaio maritaca tucano joão-de-barro
pica-pau saíra-sete-cores bem-te-vi.

mesclados com a ocupação urbana
convivendo em sintropia nos espaços
onde os meninos soltam suas pipas sobre as lajes
onde estão moradores do quilombo
[remanescente.

XXXIV

: nos morros
coexistem potências –

a vista
as florestas sua fauna e flora
a vibração da vida

e o lugar
para se esconder
quando a polícia vem bater.

mas os morros também servem
para extermínio
violência sem testemunho
ocultação de cadáveres.

e de seus altos
os tiroteios
da guerra entre facções de
tráfico. onde
antes ouvia-se o pipocar das
balas, agora ouvem-se
rajadas de tiros
de fuzis.

XXXV INCÊNDIO NA FLORESTA

: há um momento
em que tudo se iguala
o homem
os bichos
a árvore.

vem o fogo sobe a serra e
sem palavras
os leva.

o carbono
que resta
já foi diamante.
agora
é somente
cinzas.

o ar
que trazia vida
em forma de oxigênio

agora
sufoca
a Cidade
privada de
seu verde.

XXXVI

: habitar o seu corpo, Cidade-Morros,
aderir a seu corpo-Cidade
a sua corporeidade.

aderir a seus morros
como a mucosa
de um molusco
adere à concha como a
mucosa de olhos boca intestinos
adere à carne
em tantas sobreposições.

umedecendo
engrossando
a pele
como os mexilhões ostras mariscos
enroscados
nas esquinas de emoções.

XXXVII

: habitar seu corpo, Cidade-Morros,
subterraneamente. E, em troca
oferecer-lhe meu rosto
para que o faça seu.

para que nele rugas rasgadas
rugosidades de brutas esquinas
envelheçam.

para que meu rosto
revele-se em você e
suas esquinas sejam
minha pele-pergaminho.

XXXVIII

: habitar seu corpo, Cidade-Rios,
e, em troca, arder em você
como queima a água.

consumir sua carne-viva
como se incendeiam os rios.

aquecer seu corpo, Cidade-Rios,
deixar-me fundir até escoar.

desaparecer em seus bueiros e
fluir em seus canais.

XXXIX

: liquefazer-me. transbordar em você
percorrer suas ruas e ser arterial, ser
seu sangue circulando

liquefazer-me. escrever você
sobrescrever
suas ruas com
linhas de cartografia

liquefazer-me. ser sangue
metamorfoseado em tinta
tinta-sangue-texto-mapa.

XL QUO VADIS

: quero devir em
seu leito, Cidade-Ros,
assim como nele
correm tantas águas.

quero devir em
seu leito, Cidade-Rios,
assim como nele
corre

o hic et nunc
do fluir urbano
de multidões
arrastadas em correntes
sem mesmo indagar
para onde para onde me leva
essa torrente

chamada Urbe
chamada Mar de Morros Rios
Cidade-viva Cidade-corpo?

XLI

mar de humanos seguindo ondulando buscando desejando a cidade identidades amorfas ondulando sob o olhar navegando ondas seguindo sob o mar

XLII

: Cidade-Rios
minha Urbe minha Polis
com suas mazelas

feridas de democracia
políticas de desafeto

de terror ódio e medo
gerando práticas fascistas.

os corruptos entregando o
patrimônio público

a necropolítica escorrendo sangue
a lama das barragens escorrendo para o mar.

novas religiões pregam guerras santas
arrebanhando, mercantilizando, domesticando.

XLIII

: minha Cidade
quero transformar você com
meu amor

construir redes de afetos
resgatar outras
re-Humanizar seus
habitantes
tantos viventes

resgatá-los do medo
dar-lhes potência

para que sejam quem são
e para que possam,
de cabeça erguida,
devolver à Cidade o que lhe
é de mais próprio –

os festejos a música a bola no pé
o molejo os dias solares
o gingado do tempo a calma das horas a alegria

a sexualidade à flor da pele o olho no olho
a sorriso na boca o toque sem travas

o amor.

XLIV

: Cidade,
seu nome é Mar.
corona, a você não
pertence essa Cidade
a você não
pertence esse ondular.

já disse o poeta –
o mar é das gaivotas que
nele sabem voar.

XLV

: pior que o corona
só o fascismo
e deste também
conseguiremos nos livrar.

para isso

conta a Cidade
com suas guardiãs
Oyá Oxum e
Iemanjá.

XLVI

: corona, acuso você de autoritarismo
por aqui
ninguém mais se encontra
nem celebra
os Humanos não: riem cantam torcem
dançam tomam cerveja banho de mar ou co-
mem juntos.

é que autoritarismo, corona,
acontece
quando Humanos se estranham
e sentem que
não se pertencem mais.

XLVII

: quero ter olfato e paladar
saber as coisas
provar o mundo
os gostos
os cheiros
aromas de cada ser,
sorver tudo como
num raro bufê –

o resfolegar profundo da meditação
a respiração ofegante dos apaixonados
os suspiros dos melancólicos
a exaltação das risadas
o resfolgo dos prazeres.

quero saber o que é do Humano
hálito sopro assobio fala canto.

XLVIII

: cheiro de suor no ônibus lotado
sal das lágrimas dos choros mais amargos
hálito do bom dia antes de escovarem os dentes
cheiro de leite azedo na blusa da mulher que
amamenta
das meias cuecas e calcinhas usadas
cheiro e gosto de sangue na menstruação da mu-
lher
gosto de pele de lambidas
de muitas lambidas para sentir
seu sal seu azedume seu aroma de flor
e o insistente revisitar
do gosto da saliva no
primeiro beijo.

XLIX

: recuso tornar-me um neo-Humano
como tantos que –
mesmo antes de entubados nas UTIs –
estavam comatosos.

hipertensos diabéticos obesos sedentários
acorrentados a suas cadeiras ergométricas

submetendo o intelecto à apropriação
conectando-se a máquinas
e vivendo permanentemente logados
em computadores videogames redes sociais.

L

CIÊNCIA RACISTA

: no século dezenove
sanitaristas
racistas
acreditavam que
epidemias tropicais
haviam sido trazidas
da África
por negros escravizados.

LI

: já expulsamos você antes,
peste. vade retro,
corona, você também
haveremos de encantar.

pois para isso não nos faltam
sereias, Iaras e Iemanjá
e seus hipnóticos cantos
repelindo
as mazelas da
alma,
atraindo os males
para o fundo dos Morros
para o longe do Mar.

LII

: ando pelas ruas
pelo burburinho no Centro
vendo tribos de Humanos
de rostos cobertos.

mesmo assim
transeuntes se olham
furtivamente

neste relance
parece estar escondida a pergunta
de temor mas também de
vontade de triunfar –
qual de nós sobreviverá?

LIII

bolhas no mar de morros no mar de medo de lama de magma e bolhas eclodindo em ondas de medo do vírus do medo de amar

LIV

: ontem um mendigo morreu
logo aqui na esquina.

anteontem foi Luzia.
Luzia, amadíssima amiga.
escrevo aqui seu nome
com os olhos rasos d'água.

já o presidente
sobreviveu
em Brasília.

quem mais vai
quem aqui fica
na roleta do Corona?
este sim, este não, este sim,
este não este outro também não.

onde se enxerga esta marca no rosto?
dos que se vão
dos que restarão
para depois narrar a história?

LV NÃO-POEMA

: todos os dias
jovens e crianças em
idade escolar
ficam online.

presos a telas
interagem dentro de caixas
estudando
batendo papo
jogando videogames.

todos os dias
jovens e crianças são
privados de amadurecer
privados de
neurodesenvolvimento
socialização
exploração do mundo
privados de
futuro.

LVI

: todos os dias
Humanos adultos classe média e alta
negacionistas
do movimento antivacina
ou mesmo cidadãos comuns apenas
saem da
quarentena para
encontrar amigos
ir a bares restaurantes lojas festas
shopping centers clubes lotados
que o verão está chegando.

LVII FESTAS DE INSENSATOS

: e depois vieram as festas
muitas festas
com o piano que enchia
a casa vazia
de risadas.

mas era tarde demais
porque todos nós já sabíamos.
então fingíamos estar alegres
porque era preciso.

a alegria, tão amarela
quanto o desespero.
não parávamos,
falávamos, ríamos.
dançávamos muito.

para que ninguém pudesse
pegar nosso olhar.
para que ninguém, num relance,
pudesse entrever a cauda das lágrimas
que lavavam a escadaria da casa.

mas, em silêncio, estávamos nus
estávamos sós com a pantera
o beijo havia sido na véspera
e o tempo corria muito, muito depressa.

LVIII BOLHAS DO MEDO

: e se outra barragem estourar? e se a lama nos
cobrir?
e se, nas feridas da terra, tornarmo-nos magma,
se nada mais
existir além de bolhas eclodindo nas quais sub-
sistimos
por alguns instantes?

e se o confinamento para sempre durar?
e as máscaras forem permanentes?
e o único real ao qual tivermos acesso
forem os smartphones?

LIX

: ondulações

o que é do Humano se não pode
ter
seu corpo
seu abraço
seu rosto
seu grito?

LX UNDIVAGUS

: somos todos errantes
seguindo rastros
sulcando mares
deixando traços.

somos todos mendigos
famintos em uma cidade
que soube ser generosa
e agora está escassa.

somos náufragos
afastando-nos do real
cibernéticos
vagando pelo virtual.

somos ciganos do milênio
com nossos fones de ouvido
surdos em
solitário silêncio
sem cânticos
antes compartilhados.

somos precários
pois precária
é esta nau
são as relações humanas.
é nossa condição de viventes.

LXI

: ondulações

somos a coroa da criação
mas a vida nos possui
e nos faz reféns.
nada mais.

LXII MUTANTES

: quem mutou fomos nós
não foi o vírus.

costumávamos
ter corpos
éramos seres materiais
tínhamos que nos olhar
nos falar
nos tocar.

quem mutou fomos nós
não foi o vírus

vivíamos de cara para o sol
ou ao redor da fogueira
compartilhando
pão histórias relatos
sobre viagens e ancestrais.

acreditávamos
em amar ao próximo
para poder amar
a nós mesmos.

sabíamos da morte
que éramos mortais
precisávamos buscar
um sentido moral
para nosso breve tempo
sobre o planeta.

LXIII MUTANTES

: onde estávamos mesmo?
no momento em que deixávamos de
ser quadrúpedes para

eretos
tecer roupas
esconder a nudez
ter alma
fazer poesia
amar.

comprar roupas
para esconder a nudez
comprar mais roupas
porque são bonitas
estão na moda
estão baratas o guarda-roupa está cheio
ninguém tem nada para usar.

encher as barragens de dejetos fétidos
encher os Morros os Mares azulados que
ondulam até os oceanos e além

de plásticos máscaras usadas roupas descartadas
de tecidos de algodão fibras sintéticas
calçados latas garrafas pet.

destruir o planeta.
entrar em extinção.

LXIV

: avatares de Humanos amigos seguidores
influencers digitais
precisam continuar existindo
enquanto seres que consomem.

e por isso
mesmo durante a quarentena
compram online
suas marcas preferidas
postam selfies
tiradas dentro de casa.

em que estão
maquiados os cabelos arrumados e
podem se exibir
vestidos com
roupas que
vieram pelo correio.

LXV TROPICAL

: enquanto isso
no outro mar
um leão marinho
é visto nadando

em plena quarentena
nas águas frias do
litoral.

brincando em suas ondas
junto com os surfistas.

imagino que teria vindo
até os trópicos de
carona

num bloco de gelo

pois um iceberg se soltou
e navega como um barco.

improvável nau, flutuante
em águas liquefatas
que a suportam
por serem mais densas.

deram-lhe um nome
é o D28.
na verdade é só um pedaço de gelo
que se desprendeu
e erra no oceano de um planeta
aquecido demais.

gigantesco,
derrete-se
e desaparece
lembra-nos, assim,
de nossa própria condição
terrestre –

a de impermanentes.

LXVI INVISíVEIS

: rostos negros com
suas bocas cobertas
usam
máscaras brancas.

aventais brancos em
UTIs de hospitais
lotados de
pacientes brancos.

a foto da primeira idosa a
tomar vacina na Inglaterra
era de uma velhinha fofa.
branca.

cercada de enfermeiras
de etnias variadas
porque sabiam que
a imprensa estaria lá.

em seu mundo antisséptico
sem manchas
sem pobreza
sem corona.

LXVII

: enquanto isso
no Mar de Morros
rostos negros
pegando o metrô
lotado de
bocas tampadas por
máscaras brancas.
a voz sai baixa e abafada
emudecida.

negros de máscaras
desde sempre
já nem sentem mais vontade de
dizer algo.

neste mundo de brancos
neste país sem vacinas
sem vagas na UTI

negros de máscaras
continuam a pegar o metrô
todas as manhãs
em silêncio.

para seguir trabalhar

pois precisam ganhar a vida
e o mundo dos brancos
não pode parar.

LXVIII **NÃO-POEMA**

: todos os dias
milhões de Humanos são
obrigados

a seguir trabalhar

pegar coletivos

todos os dias
trabalhadores
arriscam-se a ser
infectados.

LXIX

: todos dias
Humanos adultos de classe média e alta
saem da quarentena para
encontrar amigos
ir a bares restaurantes lojas festas
shopping centers clubes lotados
que o verão está chegando.

LXX

caos sem fim vírus rede dores infindas mágoas caverna sem fundo sem espelho simulacro real findo é o mundo o fundo do mar

LXXI INVISÍVEIS

: olho os entregadores e eles olham em mim

saem todos os dias
distribuidores de mercados
restaurantes farmácias sites online de
qualquer bobagem que apareça para comprar
porque estamos em casa
morrendo de tédio compulsivos e
consumindo para ter gratificação imediata.

entregadores
saem todos os dias
aos milhares às ruas de
motos bikes patinetes.
são em sua maioria jovens magros Negros
mas alguns também são pais de família
sobrevivendo precariamente.

entregadores
recebem quase nada pelo trabalho
e têm que ficar muitas horas

circulando nas ruas
expostos
o corpo se protegendo apenas
com máscara e álcool gel.

quando alguém diz "fiquem em casa"
está implícito que
haverá milhares de entregadores
circulando nas ruas
expostos por longas horas
para que nós – seguros –
vivamos em confinamento.

quando alguém diz,

fiquem em casa,
está implícito que
essas vidas
não importam.

quarentena é um privilégio de classe.

LXXII CAOS PLATÔNICO

: existe um lugar
entre o talvez
e o não mais –
como passei,
num deslize,
de um a outro.

onde está
o fio do novelo
para desenrolar
e achar o caminho.

mas voltar para quê
se a caverna e seus mitos
são só um oco
se a Grécia agora é uma ilha
onde refugiados chegam

afogados

nas praias
onde ondas

continuam quebrando

o azul insiste em
adentrar o olhar
em seu cobalto profundo.

e as cavernas,
que já foram úteros,
transformando-se
seguem

esvaziando os Humanos,
deixando-os sós
em suas rotas de escape.

procurando a luz
para encontrar a saída
e deixarem de ser
simulacros de suas sombras.

o azul insiste
em adentrar o olhar
em seu cobalto profundo.

LXXIII BOM DIA, ESTRANHA

: bom dia, estranha.

que meu rosto reconheço no espelho
mas aqui dentro tem tanta coisa incógnita
morando em tanta profundeza
tanta camada ebulição
das quais não sei nada.

bom dia, estranha.
que nem explico as decisões que tomo
as escolhas o porquê
do que faço
ou deixo de fazer.

bom dia, estranha.
que caminho por aí
errática
fugindo de mim.

que voz é essa me seduzindo
chamando para um canto escuro
e da vida me
escondendo.

LXXIV MENDIGOS

: olho os mendigos e eles olham em mim

tem o morador
craqueiro magro esquálido esquelético
visivelmente doente
deste nem chego perto
porque tenho medo.

tem ainda o morador que
dorme ao lado da Igreja
é educado bem falante
vive com seus cachorros
percebe-se até um autocuidado
para ele não dou esmolas
porque já se tornou invisível.

tem a mulher
com as criancinhas fofas
e o bebê no colo
para ela dou esmola
mesmo sabendo
é exploração infantil

porque meu coração de mãe
dói quando
passo nesta esquina.

tem o violinista ele
fica em frente ao
supermercado dos ricos
toca divinamente
para ele sempre dou muito dinheiro
porque sua música é celestial.

LXXV

conexões sem hospícios sem prisões infindas as ruas multidões múltiplas infindos os tentáculos da rede no mar de ruas para caminhar

LXXVI DISTANCIAMENTO IMPOSSÍVEL

: o toque
eriça
a pele
e arrepia.

o abraço
envolve a alma
e acalma.

o beijo
suga
o corpo
e abriga.

os corpos se atraem.

LXXVII ISOLAMENTO IMPOSSÍVEL

: ondulações

o Humano
não foi criado
para curar
a si próprio.

Humanos
foram criados
para curar
uns aos outros.

LXXVIII QUARENTENA

o tempo
é passado
e futuro.

as notícias
são mentira
e verdade.

a rede
é isolamento
e conexão.

a casa
é prisão
e proteção.

LXXIX REDE

: estamos na Cidade
mas vivemos em um não lugar:
na rede.

jovens nem
querem mais sair de casa.
pois o mundo que
alcançam
no quarto

é maior mais seguro mais cheio de janelas
abas e caminhos
que as ruas
em seu entorno.

jovens
vivem em seus
quartos-topos agigantados uranos
expandindo-se até tornarem-se distópicos.

LXXX

: a inteligência artificial –
disseram –
vai destruir a humanidade.
eu digo
a inteligência artificial
é a humanidade.

é a rede
que nos tornamos.

que nos controla
conectando tudo que
podemos
fazer desejar temer
pensar conhecer
lembrar.

mais uma vez
vivemos a ilusão
de infinitude

mergulhados
na imensidão
de nosso mundo
de sonho e memória.

LXXXI

: e a Cidade?

a Cidade
também é uma rede.
viva, plástica
organicamente entrelaçada.

tem finos tentáculos.
filamentos que
espalham-se aos milhões como
os de uma caravela,
navegam por correntes e
por entre seus cardumes.

a Cidade, cheia de conexões
submarinas intercomunicações
desdobramentos
coexistências, universos paralelos
vai sendo esvaziada.

a Cidade, com ocultas cavernas
tesouros afundados

segredos à deriva
jogados ao mar,
é abandonada.

a Cidade, náufraga de bravias ondas,
afunda até ficar submersa
nas profundezas de
seu Mar de Histórias.

a Cidade desaparece.

LXXXII SONO DAS PEDRAS

: dormi e era pedra.
e, como pedra que era,
não sonhei, vivi.

vivi a imobilidade
sólida e maciça
de profundezas rochosas.

era parte da terra,
enraigada no ser
como dias sem céu
e sem tempo.
tudo era escuro

sim, dormi como uma pedra.

despertei, e era ar.

LXXXIII HELIUS LUX

: ondulações

sigo só
sem viseiras
sigo solta
buscando sol
sendo Poeta.

LXXXIV FIM DO MUNDO

: a Cidade parou e agora
o mundo não gira
a economia não cresce
os carros não poluem.

a Cidade parou e agora
agora só a calma dos dias
a poesia do silêncio
o movimento da lua.

agora só a vida sem tempo
espaço só o de respirar
e inspirar o ar até o umbigo
do mundo.

umbigo do mundo
entranhas do mundo
ânus do mundo –

tudo parado
mirando:

a dança das estrelas

o passeio despreocupado
dos animais
que nem lembrávamos
existiam.

a Cidade acabou
e agora?

LXXXV

mar morro mar morro mar morro mar morro morro vivo morro vivo vivomorro vivo vivo vivo

Impresso em papel polen soft,
tipologia Garamond 12/16, na primavera de 2021.